PODE O
HOMOSSEXUAL
ASSOBIAR?

PODE O HOMOSSEXUAL ASSOBIAR?

ISMAR TIRELLI NETO

Copyright © Ismar Tirelli Neto, 2024

Editores
María Elena Morán
Flávio Ilha
Jeferson Tenório
João Nunes Junior

Capa: Cíntia Belloc
Projeto e editoração eletrônica: Studio I

Dados Internacionais de Catalogação na Publicação (CIP) de acordo com ISBD

T596p Neto, Ismar Tirelli
Pode o homossexual assobiar?/ Ismar Tirelli Neto. - Porto Alegre : Diadorim Editora, 2024.
68 p. ; 12cm x 18cm.
ISBN: 978-65-85136-16-7
1. Literatura brasileira. 2. Poesia. I. Título.

2024-555
CDD 869.1
CDU 821.134.3(81)-1

Elaborado por Odilio Hilário Moreira Junior - CRB-8/9949
Índice para catálogo sistemático:
1. Literatura brasileira : Poesia 869.1
2. Literatura brasileira : Poesia 821.134.3(81)-1

Todos os direitos desta edição reservados à

Diadorim Editora
Rua Antônio Sereno Moretto, 55/1201 B
90870-012 - Porto Alegre - RS

Ora, o tempo da agressão é um tempo muito especial. É sempre recto, sempre dirigido: não o curva qualquer ondulação, nenhum obstáculo o faz hesitar. É um tempo simples. É sempre homogéneo ao primeiro impulso. O tempo da agressão é produzido pelo ser que ataca no plano único em que o ser pretende afirmar a sua violência. O ser agressivo não espera que lhe dêem tempo; apossa-se dele, cria-o. Nos *Cantos de Maldoror* nada é recebido, nada é esperado, nada é seguido. Por isso Maldoror está acima do sofrimento; ele dá o sofrimento, não o aceita.

Lautréamont, de Gaston Bachelard
(tradução de Maria Isabel Braga)

Para o Matheus e o Hugo

A sua loucura não avantajava tanto
que merecesse nome

de miraculado, nome de calçar o pulo,
estranhar duma coisa duma vez

percebia-se no olhar alguma beira
como de resto   precipícia em todos

nem nisso diferia de um qualquer
que muito martelasse, e. g.,

Doutor Fowler, por favor,
por favor, me leia minha

cabeça, no que o bom doutor
dizia, diria

atenção à pedraria
desimpeça o texto
desimpeça o texto

Os movimentos internos

> Épouse et n'épouse pas ta maison.
> René Char

1.

Caminho pela casa, o chão toma uma aba
empena numa interrogação

2.

Seu mais enunciado momento
custa-me todas as janelas

3.

A última canção jamais vista
ouve o gotejar até o fim, decide-se

4.

Ando pela cozinha da casa à cata
da menor coisa

5.

Cata a ventania insistentemente
anunciada por todos os eletroeletrônicos
da casa

6.

À proporção que as cortinas esvoaçam
ganha em cariz

7.

Um sanduíche de presunto é uma tarefa
humilde

8.

Desabotoar, uma ação desnuda

9.

"A mais lídima impressão
de verdade existencial"

10.

Tamanho o silêncio quebrou-se
a ponta do lápis

11.

Desabotoar, porém,
uma ação

12.

Não sirvo de cena,
tenho estas clarezas

13.

Anoto dedos cada vez mais frouxos

14.

A feição que as feições andam tomando

15.

Sonha-se uma casa
sem carniça é a casa sonhada

16.

Sem carniça o gesto
sonhado

17.

À proporção que as cortinas esvoaçam
vai ganhando em cariz vai ganhando em jaez

18.

A menor coisa nesta cozinha
sou eu nesta casa

19.

Como meu corpo
extremamente como meu corpo
não amo esta casa
mas ninguém me forçará a deixá-la

20.

Não vá ninguém ler esta tinta

21.

Vai ganhando em tacha vai ganhando em pecha
vai ganhando em teor

22.

À proporção que o sul global se

23.

À proporção que vamos perdendo
as grandes linhas
o sentido primeiro

24.

Aqui onde envido todas as forças
para não me transformar em nada

25.

Nada ecoa absurdo

26.

Damos por sentado
um sofá

27.

Ganhando em grado, ganhando em tipo,
ganhando em laia

28.

Eu crio
fichas

29.

Folhas de calendário arrebatadas pelo vento
e demais convenções
do melodrama

30.

Eu sempre quis ligar
a tevê

Ele tem uma qualidade repugnante:
veio.

Verdade.

Você e só você é o escândalo alfabético.

Suzanne

Para a Ana Romano

Que faz alguém, animal ou planta?
Dá com honradas na barata que lhe entrou por
[fevereiro.

Eu empesteio, tu empesteias.

Empesteiam o mundo objetos
difíceis
como um poema.

Um poema é um objeto difícil.

Um poema diz haver no mundo
quem pague com dificuldades.

Sonho de um homem ativo

Tenho fé que um dia ainda vão me dar um segundo parágrafo. Dessa vez não vou desperdiçá-lo com palavras. Vou pôr um ar muito encerado. Um ar enorme. E nenhuma aflição entre as sacadas e seus nomes e seus sons. Vou varrer do piso todos os verbetes que vieram se chocar contra a vidraça ao longo da noite. Às gargalhadas. "Este dicionário é um poeta". O espaço onde me voltarão todos os exemplares emprestados, onde toda exemplaridade me voltará. Tenho fé que um dia ainda vão me dar um segundo parágrafo, não deixarei Diotima subir, outro quarto de ficar quieto. Vou enchê-lo de ginástica.

A felicidade

A felicidade de um dia ou de um dizer
ou de um fazer epigramá

ticos atos de itinerário à roda
do quarteirão, bem-aventurar com a mão,

um enxergar direito, um feito, feitinho que fosse
glorioso de atenção

A felicidade de um dia e de um dizer

Mar de torna-viagem na mala, mala, papéis
piscando dentro de caixas, ninguém, ninguém
larga das palavras como você. Nas explicações
as casas não fazem senão ventar
vigas, sempre maiores
ou menores que a casa. Esta socapa, este
talhe seu. Você mede dois quartos de escuro,
de bibelôs campeando, ninguém. Ninguém.
Você mede ninguém.   Você guarda.

             Não acabarei de falar de uma casa toda
derrubes, toda termos, toda curtos, toda
       luz televisora
                 repassando diferentes cidades,
luz azul farol
            ou respirador
                            há sempre
alguma coisa ligada. Sozinha e ligada
       em algum lugar
              e não acaba de dizer
              azul, azul
              nos olhos corredios
das estátuas, num embaçado
              quando o corredor termina

na manhã cinza tantos anos passados.

Duas mesas

I.

era uma mesa e não acabava nunca
sobre o tampo dois tratos de noite
um vento de planura
uma fundura

de olhos entre a cidade
e os misteres livrescos
uma perlongação
a mão adentro

um ato de contrição
a memória de um tipo com
non, je ne regrette rien
tatuado no tórax

e por debaixo do tórax
era uma mesa
por sob a qual
dormia alguém, menino e sorridente

II.

a voz ficou ali caída sobre a mesa
entre os reides espalhados sobre a mesa
a mobília que se arrastava sobre a mesa

metrônoma a voz enumerava tudo
o que pesava
tudo o que batia o ferro
tudo o que pregava ao chão

morreria ali
sem jamais voltar para a boca

Versos no dia da morte de Astrud Gilberto

Roberto andou cru até acá.
Amadea olhou arriba.
Eu cantei num casamento no último sábado.
Olhar arriba para um vislumbre de sábado.
Minha cadeira é terça.
Andaremos a um vislumbre com palavras normilíneas.
Exataremos esta luz.
Não acordaremos ninguém com nosso sono.
Na base do não-dito a canção não sai.
Escrevi para um tanto de amigos hoje.
Escrevi: andaremos.
Chegaremos.
Chegaremos pelo passado.
As vozes à volta das quais aquecíamos as mãos estão
[calando.
Os corredores de nossa infância calando, um a um.
A nossa infância pode ter durado um bocado,
Mas nunca vi coisa acabar tanto.
Escrevi para um tanto de amigos ao longo do dia.
Chorei ao telefone.
Chorei no sábado na canção no casamento.
Hoje é terça.
Digo para mim mesmo: seja honesto.
Escreva poemas honestos.
Junte-os num livro honesto.
      Mude os nomes.

Mãe Ersatz

Minha mãe era uma vista animada, uma fita
de enredo, um leve sotaque. Não era

Mulher honesta por nenhuma refacção que se olhasse.
Uma [grandeza] inverificável, tudo o que com ela
                                        [contatava

Virava trapaça, As Mordedoras de 1933.
Quando ponho aqui o meu corpo, nela aventurado,

Nela esfaimado, nela chagado de cima a baixo, não
deem ouvidos: é raposia.

Tendo-nos, mamãe teve berloques.
Gingou-nos muito bem.

Aplicou-nos desde cedo em espichar olhos tristíssimos
Aos estrangeiros que se atrapalhavam

Descendo das embarcações, enquanto ela, ela subia
Nas caudas de falsos Matisses, roletava

De fazer vertigem, beijava sem fundo, limpava os cofres.
Assinava-se Uma Boa Samaritana.

Mas seu nome verdadeiro, nenhum de nós jamais
                                                [soube.
Guardamos suas ligas e nenhuma memória clara.

A felicidade

A felicidade de um dia ou de um dizer
ou de um bater epigramá

ticos sambinhas (ao entardecer
Deus não sai

daqueles minutos [carmim nenhum precisa
saber.   Estamos seguros.

A felicidade do pobre parece.

Meus Onze Anos

Oh que saudades punheto
de Copacabana fugida
manhã de sábado eu ia
pra *Souvenir de Cinema*
oh que saudades punheto
de nem ter *com que* comparar
aquele atravanco de encanto
aquele tanto trastejar
verificou-se meu Aleph ser
(a bisonho bem dizer)
oh que saudades caber
il culo em qualquer lugar
oh que saudades punheto
da palavra que não se preenchia
da fanhenta aristocracia
que também estacionava por lá
dos condes que me cercavam
de nomes poentos, cantigas
que até hoje, depois das gotinhas,
recito para me ninar
Virna Lisi, Marisa Allasio
Elke Sommer, Rosanna Schiaffino
oh que saudades punheto
daqueles duques daquele bambino
do reteso cuidado que me tinham
na *Souvenir de Cinema*

Hell, upside down

There's got to be a morning after...

Azul, azul. Vasto e cultual menino ajoelhado frente a um creiom azul. Ergue os olhos. Azul do mar, azul do céu. Mãe, é esse o azul de onde se despenca? Não, meu filho, esse azul é de afogar. Mãe, é esse o azul dos lábios quando os lábios vão a pique de últimas palavras? Não, meu filho, esse é o azul da bomba, primeiro ele detona, depois vem esse que você falou, azul da neve quase roxa, o azul que, com grandes máquinas cinzentas, eles vão ter que escavar para me encontrar e me enterrar de novo. Quer dizer que não chegaremos a nosso destino, mamãe? Você vai chegar, meu filho, você vai. E viverá tempo o suficiente para a cara infernizar-se toda quando lhe dirigirem a palavra.

Autorretrato revendo autorretratos

Havia feiura mas havia frescor

neste cunho
no mundo
que era

meu rosto
respirava-se

neste corpo
na chispa certeira
que era
no mundo

havia feiura como de resto sempre
houvera

havia feiura mas havia à larga

Ocupou-se de morrer por mais de uma década,
aferrada que era ao imóvel

à vista onde nunca pisara,
aos filhos que detestavam-na com rosas brancas

nas efemérides. *Efemérides?* Mesmo hoje
vovó me atira da boca. Amigos, chegados

a meio da vida, dão início às perfurações.
É de ver quanta ternura esguicha.

Terá talvez centenas de anos, de cacos, voando,
Descrevem a minha vida. Levanto-me. Mãos

apoiadas sobre a mesa. Dirijo-me aos alunos
dormitando: *qual é a vegetação nativa do inferno?*

The Night of the Hunter

Vou para as letras da mão esquerda, lá ninguém sabe de mim. Lá ninguém sabe da mão molesta.
Da mão mescla de cinta.
Vou para a mão onde soco.
Onde cinjo pela nuca.
Onde me desforro de os dedos serem tão doces.
Vou para a mão do corpo.
Afinal, isto de me tacharem com tanta insistência de inofensivo é mais porque ainda não cheguei aos gestos.
Porque os gestos ainda não me chegaram.
É mais porque me falta *vocabulário*.
Mas isto se emenda, com o corte isto se emenda.
Já posso ver os flancos de onde virei, príncipe.

A felicidade

A felicidade de um dia ou a felicidade de um dia
poder dizer (A felicidade da vida

o emperro das coisas soltou, a mente
meridionou, ninguém desprega

os olhos da boca [A felicidade
engraxaria esses sapatos. Poria pra lavar.

Deitaria fora.

Magrizelar de vida.
Ir para outra muda, mudar
De estado de cascudo.
Perder-se enfim das coisas da finura.
Tomar mais desviantes céus.

Ser festas móveis.

Os belos dias de nada versam,
mal sucedendo,
tão conformes a alguma letra.

Comemos o monólogo todinho,
bons meninos que somos. Agora,

a sobremesa: descansar-se a um poste,
coçar um poema de outono

(Inverno, 2023)

As diligências para alcançar o fim da rua,
de conga rangendo,
de quadras ananicando à medida que as afirmo, eu

fui naquela figura (de padaria nova,
edifícios subindo), nada
avistando tão claro quanto um olho,

um parágrafo. Nada havia de fitar
firme, nenhuma estação e o vento
se terá vidrado bem antes da noite chegar.

Passei longo tempo pensando entre mim
o que seria a noite daquela tarde em diante.
As lágrimas já foram suficientemente ilustradas.

Uma volta pelo bairro antigo

As ruas.
As ruas se douram de qualquer outra coisa.
Ladeiam-se de países jamais vistos, jamais vistas
[velocidades.
Largam para Grécias, Marrocos.
As ruas.
Concretai-me, peço, nos seus nomes, seus longos
 [nomes de pequena travessa, não basta eu me bater.
As ruas se douram de qualquer outro composto.
As ruas se curvam em alas internas, intestinas.
As ruas não as teremos artérias, pobre coração sem
[arremesso.
Onde o teriam os considerando?
As ruas. Nas ruas. As sacadas, os terraços.
As sacadas acenando, absolutamente adiante, mijando
[pelas calhas.
Este não pregou mirantes na memória enquanto era
[tempo.
Este mais cantou pelas janelas que olhou.
E amarga. E amarga.
Eu antes de dormir pedia-lhe um ano.

Retrato de Cornell Woolrich

A lâmpada do banheiro trambolhando
há dias, penso: *Sou um humanista.*

Que grandes desfigurações
ainda aguardam esta

palavra, sua perna que sua mãe
gangrenou, e então, a amputação,

a amputação que, a bem dizer,
só cessará

no dia em que cessarem os clarões
de serra no andar de cima. Por certo,

a luz, a cada coçada, *Sou um humanista.*

Cortejar pela cidade,
rodando um joelho esfolado

vermelho de sino
cinabre sobre as ruas

rojo que despe
a meio de todas as vidas

A felicidade

A felicidade para ele é circunscrição absoluta. É para
                                          [alguns
os signos visíveis da felicidade – latido, sorriso – a
                                          [compasso

precisados. É para alguns o poder
meter na mesma valise sorriso e latido, *sorrisolatido*.

Felizes estes, contentam-se com pouco.
Qualquer cão passando na rua apaga-lhes

salto por latido. Felizes os que voltam do mercado
e se repetem. Felizes os que aos fardos

colando plumas seguem.

Principiar dizê-lo uma vez
    principiado
        picolino
            priápico

Principiar
    dizê-lo, país
        há tanto postergado

Palavra fitada à minha língua
    pesada tão pisadamente
        pelos olhos

Entrando e saindo pelas mãos,
    por estas veias silentes, gritantes

        dar à própria boca.

Imprecatória

Que indumente de homem. Que de homem se farde. Que a sarja de homem vaze até os ossos. Que não haja volta de seus culotes. Que perca todo o proporcionamento. Que falte às gengivas do mundo. Que seja olhos. Que pare nos olhos. Pelas gerações e gerações.

A roupa do corpo

Afã é minha palavra favorita.
Se eu pudesse, dava o rabo todo dia.
Gosto de parque, cinema, exposição.
Gosto da coisa com calma, graça
E carinho enchem bucho, sim
Senhor, não peço que ninguém me alcance
Nada às prateleiras mais altas,
Cairei no chão do século XXI.
Essas cicatrizes aí, referem?
Gosto de braço.
Gosto de Von Sternberg.
Eu adoro conversar.
Fico todo xotudo querendo passar aí, posso?
Quero que me veja inteiro, posso
Ver?
Posso ver a voz, a guina da voz
Para um descritivo das penas agourentas de Cupido?
Pena e pena, exulta de farelo.
As palavras sempre de festejo,
Chega minha voz e pá.
Outra nudez hoje em dia não haja.
Talvez.
Tenho castidades disponíveis.
Varia de cara caso.
Tudo o mais vai para a prosa.
Já estou na idade de me preparar para a solidão.
Pago o Uber.

**Carnes dos lábios cerram-se sobre a piteira de
 [galalite pode**
o fumo falar
claro? Pode o fumo abrir a boca, falar
estes campos de interdito?
Pode a boca abrir duma só vez, desavisada?
Pode o homossexual assobiar?
(É só juntar os lábios e...)
Pode o homossexual falar alguma coisa
qualquer coisa
salvante estas ensurdecedoras
pérolas
tombando de encontro aos degraus
de mármore?

Eis a vida da boca
inda há pouco enunciava
mais dia menos dente
mais dia menos dente

inda há pouco então chegou
o encouraçado
no mesmo malho do poema
o encouraçado

quantos anos até me golpear
até me golpear este claro

não é com a voz
não é com o sopro
que os chupo

é com a volteada vida da boca
nos five o'clocks da boca
de gatinhas sob a mesa
costas cheias de retintins
batendo de braguilha em braguilha

A felicidade

A felicidade bateria à sua porta. A felicidade
bateria, sim, porta em porta, cobrando, nem por isso

se veria menos feliz. Não se pejaria. Que enganchou
nalgo que escutou vindo do seu apartamento. Que

veio ingressada foi na sua voz. Agora ei-
los, pela primeira vez, venta com venta.

A boca abrindo. Ambas as línguas alavancando. A
                                                    [felicidade.

Meu rei

Mil noites e uma encafuados neste muquifo.
Não posso mais com zumbir no próprio ouvido.

dei-lhe já dois ou três varões, a depender da variante
correm as tuas jovens entre as tamareiras a depender

de mim – a paz –, eu me descumpro. Veja, meu Rei,
[no que armo
dizer nenhum dixe (de Maria Montez afogada na
[banheira,

como riste). Lamento pelas moças, mas é aqui
que nos retiramos: Sherazade este fio. Não há esticar
[muito mais.

Considerações finais? Já que não posso ficar quieta
no meu canto crocando amendoim, tomando meu
[cinzano

manda-me logo pro carrasco. Passo bem sem esta vida.

As contas

Já não sei ao certo quantos anos
conto, por que martelo tanto as capitais.

Sei que estou velho por demais
para apanhado

pela tantíssima estranheza das esquinas.
Sei que uma palavra não me deveria

quebrar o fio dia, uma mísera palavra,
uma mísera. Homens devidamente

homens deixam a lavanderia, paletós
ensacados atirados sobre o ombro.

No mercado, marmorizam por uns
momentos, relendo a lista de compras.

Sei que eu não deveria meter por esses
momentos, por esses homens que

fresteiam para o nada, que devidamente
voltam, quando eu

sei que volto cada vez menos
de praticar esta via, (esta atonia)

(se sonham, se lembram

dos tempos em que um dia um dia perfazia).

Já não sei ao certo quantos anos tenho,
se me perguntam, avanço

meu nome, a estação
de metrô mais próxima, os idos da guerra,

um vinhedo que talvez verei um dia.

Agora já faz muito tempo que não sou vésperas. Cheguei nesses pagos agarrada a um guardanapo, a uma folha de papel-toalha, um canhoto de cinema. A cara aconcheada, olhos azul-deserto, o corpo, era de ver, um rendilhado. Sem demora me pus à procura das palavras que transmitiriam a alguém o grosso modo ou a mais pálida ideia. Penso que não me houve mal com as que fui encontrando pelo caminho: *cachos mágicos, mais espuma, bem aos moldes de, lava colorindo, cílios triunfais*. Penso que pus um meio-busto no mundo, um calco, pelo menos. Já está mais do que muita gente que vem parar neste sonho.

Náufrago de fones

para o Hugo
para a Lívia, novamente

Funcionou por um trecho.
Pareceu funcionar.
Por anos. E anos ocultando a nudez pela locomoção.
Não ferindo atenções de ninguém.
Tentando. Não seria simpático se pudéssemos colocar
nesta andadura mais duas horas?
Quem afinal subiu à cabeceira?
Uma pena, pensa ele, vive pensando ele. Uma pessoa
pode bem estender-se de uma hora para a outra.
E contrair-se.
E extremar-se de nomes. E nasça-se. Obite-se.
Pelo meio.
E pelo meio, quem sabe?, são estes cipós.
Uma pessoa pode bem tornar-se num cipó, levar-nos
de uma hora para a outra, de uma hora para a outra.
Recorda maciços minutos passados diante de
uma máquina dispensadora de cigarros, num país
estrangeiro.
Por vezes, a máquina aceitava as notas, mas não
expedia o maço.
Por vezes, não aceitava as notas, rangia-as de volta.
Por vezes, aceitava as notas, expedia o maço mas
ficava com o troco.
Impossível prever.

Tudo era impossível de prever.
Menos ele.
Inteiramente possível de prever, o homem com a onda escarpada às costas, com os dentes da onda às costas, sobretudo o hábito de pensar na Bocca della Verità enquanto metia os dedos pelo nicho do troco, remexia.
Vazio que desce, decepando.
As pessoas que balançam de uma hora para a outra, gostaria de dizê-las, redizê-las, gostaria.
A vozes de cenáculo.
Boca sobreposta de elegância.
Gostaria.

Para Jeanne

Ao longo desta semana, e por motivos os mais variados, todos nós rompemos em lágrima em algum momento.

É raro, no entanto, que seja isto a coisa mais pinacular de um poema. A mais bonita.

Este domínio é dos isqueiros azuis, do cheiro à desinfetante, das notas fiscais, dos faroestes assistidos de madrugada.

Eles subiram por verbos, verbos continuamente os embasbacam. Muito antes de chegarmos ao Missouri haverá um estouro deles. Uma sequência de tirar o fôlego, por mais que, sem o fôlego, não se possa fazer muita coisa para repô-los na frase.

A luz se inclina sobre os cansaços e os torna magníficos.

Isto raramente é a coisa mais bonita num poema.

Ouça, Fredo
O silêncio de podado destas praças tão puras
Os salpicos de lilás
Sobre as viaturas, as vilinhas
Ouça, Fredo, é o sono
Carneirinho dos poetas
Contemo-los nas pregas
Os poetas, escorados contra altas muradas mansões
Trazendo nos bolsos frasquinhos de água do mar
[morto
Pra vender no mercado municipal
É cruzar algumas quadras, Fredo, vai um abismo
Como a paixão se porta bem
Assim encizenida
Máxime quando são os óculos-de-sol do tipo no
[restaurante de esquina
Que cantam-na
Fredo
Ouça os óculos, Fredo
Pare de brincar com o capeletti
pare
   de picotar os guardanapos
TIRE O CANUDO DO CU
Pare de baratear as coisas
Cresça um pouco nesse ouvido
Ouça estou
Para te perguntar uma coisa SÉRIA
Haverá coisa mais autoritária neste mundo que um poeta?

Não importa
O trajo se triste e funcionário
Descabido na cova do dente
Que hoje cuspi em sonho
Clubber de meia-idade
Ou bom moço desmoronado sob o xale somos
Todos uns tiranos é isto o que somos
Sem tirar nem por
Veja isto de por
Isto de meter modos manejos e cogitações
Na cabeça dos outros
Dividi-los
Som e sentido
A que propósito serviria senão
O de posteriormente
Conquistá-los
It's all just a fake and a pipe dream
Quando se pensa quando se pensa mesmo a fundo
Haverá coisa mais
Mais Maquiavélica
Neste mundo que um poeta,
meu bom Fredo?
Feche de ouro
Corusca a farofa no potinho na mesa ao lado, amarelo
Fredo
Amarelo
Quantas coisas se agradam neste mundo pelo
                                        [amarelo, Fredo
Nenhuma delas o sol

A felicidade

Happiness is a Thing called Joe, praxeira canção diz.
O roxo à roda do meu olho pede [bis].

Diz o Olho Roxo que a felicidade não é senão
certa inclinação para a felicidade, certa lapsação

na felicidade: desdentes brilhando ao luar,
a pica solvida. Dizem-na calma, dizem-na

orgíaca, a felicidade, a felicidade é para mim
sobretudo ser recolocado no texto

Com um tantinho ainda de vida.

me atiro
      braços abertos
contra a areia
      onde se escreve,

devo impedir
      que mais
um mundo
      se forme

These days

Allons-y, allons-y, minha flor.
De cada três suspiros um tocar o fundo é boa média.
Aqui, como se sabe, só se fazem sopés.
Um dos maiores erros incorridos pela Modernidade
 [foi crer que um dia me comprariam essa rifa.
Agora arregale-se imenso.
Nada me lembra afora o tamanho de um bonde.
Este poema sobe de um vaudevilista de primeira.
A boca indo de bastidor a palco.
Não adianta procurar, não tem um díspar.
Só ossos que requebram ao sombrio de uma silly
 [symphony.
Quem crispará contra os céus este ponto final?
Quem arbitrará do sujeito que é lírico, empírico ou
 [histórico?
Que mal fez, ou que bem, quem pensou afinal nos
 [simples do mundo?
O tipo volta o rosto arranhado de paz para o gesto
 [que foi,
Depois para o que virá.
Tranquilo está com seu tantã cada vez mais lento.
Ninguém me lembra na incógnita que fazia.
O poema instala-se num carro de som caindo aos
 [pedaços.
Vestindo o tutu de muitos idiomas, rodará numerosos
 [bombardeios.
Ganhará mundo.
Divertirá as tropas.
Romperá nosso lar.

Cativeiro

Tudo que sei
é que quando finalmente lhe tirarem o encerado

de quadrados brancos
e vermelhos de dentro da boca não

cuide que algo cantante vá
sair voando das torceduras

à volta dos pulsos, com suas luvas
de seda eles vão apagando estrada

por estrada, você ainda vai se pegar
como toda a gente, descendo aos mapas

Progresso

Perdi em contato com os homens todo o frescor de minhas neuroses.
Silogismos da Amargura, de Cioran
(tradução de José Thomaz Brum)

Cada crack no sentido, cada empanamento seja
tomado enfim pelo que é

Ninguém sorri no que tenho a dizer, por mais
Que se gargalhe o escuro todo

Ninguém pense que fui para o disparate
porque quis. Seria um disparate

É uma casa energúmena, toma-me tudo para
manter-me de pé, de olhos de pé

Deram-me tanto com quartos vazios, acabei
acostumando

Dramma giocoso

finou-se o idiota
da vila
finou-se

finou-se o homem
fraseado
finou-se, finou-se

deitou-se na maca
em jeito de barraca
de pescaria

correram-lhe as peles
fechadas
sobre um mar

de papéis que cantavam
com caligrafia
tão doce, finou-se

puseram-se todos
a cair
no mesmo diapasão

os poemas tombam
de uma linha
para outra

necessariamente

Entraves à obtenção do texto

I.

Jogar de envolta é perigoso.
De repente se perde de vista a frase limpa,
nenhuma oração por cais.
Petiz às voltas com o primeiro apóstrofo,
é
minh'alma pra cá minh'alma pra lá
e as gentes sorrindo amarelo, fingindo
sacar
o transe.
Você julga estar demonstrando alguma coisa
quando não comunicando
mas o que as pessoas estão ouvindo
na realidade
é uma daquelas buzinas que tocam *La cu*
> > > > > > *ca*
> > > > > *ra*
> > > > > > *cha*
e isso,
      boneca,
é a loucura.

II.

O insano de mente em seu dia.
      Não é o dia.
Não o público do dia.

O dia correspondente, qualquer.
Não as degolas de hora marcada,
o espalmamento dos vizinhos,
a bondade do patrão.
A propósito, são.
      O patrão é são.
O cliente é são.
Quem não é são é todo
aquele que se espaça
entre catálogo e obra,
corta sem saber colar,
depois passa os olhos pela casa,
e pensa

      tudo esquartejado

Deus quer a minha cara.
Devo dá-la?
Devo me fiar no exemplo de vocês?
Deus não quer que a minha cara *faça*
Nada.
Torça em nada.
Diga nada.
Deus *quer a minha cara.*
Devo inventariar agora os possíveis gestos da cara?
Devo rememorar-
lhes?
Não, não coloquemos a carroça na frente dos bois.
Talvez uma explicação preliminar se faça necessária.
Isto é um poema.

Posto que isto é um poema
A afirmação Deus quer a minha cara pede ser apalpada
Por todas as suas conotações possíveis.

Roupa bonita pinica.
O rosto cresce sob o reboco.
O corretivo
Aplicado às maçãs
Do rosto – que Deus quer –, à testa, à ponte
Do nariz
É um relatar em segunda mão.
Não temos outra coisa para trazer à ceia.
É isto mesmo.
O cinto afrouxado em fins de expediente, o ranger
[de dentes

Em meio às plantas do inquilino anterior:
Estas imagens talvez *já* lhes sejam descabidas.
Vocês, vocês, onde eu enovelo.

Isto é um poema.
Caso não consigam mais reconhecê-lo, isto é um
[poema.
Nele, colido publicamente.
Comunico que a partida foi perdida.
Confiem em mim, diz
O narrador em primeira pessoa, eu
Sou o escriba.
Não sou um cretino qualquer, estou fazendo isso
Há mais de quinze anos.
Vou além
E digo de que este poema se trata,
Para tornar as coisas ainda mais
Lisas, ainda menos
Horizontinas entre nós:
Isto é um poema de desengano.
Um poema tacanho, largamente desenganado, um
[*desses.*
Porque detesto a minha geração, e não penso grandes
[coisas da sua.
Concedo:
Não é o modo mais eficaz de se retirar do
Silêncio (onde, como se sabe,
ninguém
existe
e

tudo é bom),
Mas é o que temos a trazer para a ceia.
O que
quer dementar a melodia, dolori-la, diz:
Deus quer a minha cara.

A uma plateia

> "And I am I I"
> *The Geographical History of America*,
> de Gertrude Stein

Já eu nunca tive vinte e dois anos. Vocês? Ora, isto
            põe-se na iminência de qualquer um.
Palavra na minha boca – peso, densidade –, palavra
                                        [na sua.
Palavra na sua boca, dizia eu   aos vinte e dois anos
                                        [de idade.
Eu nunca tive vinte e dois anos de idade.
Eu nunca vicei.
Sempre largo uma lata de anos por cada fevereiro.
Muito devemos ao relento.
Digo: estejamos atentos, estejamos atentos, não foi
                        [por outro motivo que viemos;
Foi para *ver*
        formar-se
                  a
                        falésia.
Isto leva *longueur*.
Eu nunca tive doze rosas.
Eu nunca tive doze zás.
Eu nunca nem tive dezena.
                Nunca mexi num chavão.
Eu nunca soube de uma tia.
Eu nunca soube de uma prima.

Eu nunca afrouxei notícia.
    Vocês?
Não verti meus irmãos ao português.
Nunca ciceroneei uma carne passar até ao nome.
Eu sempre ri de legar.
Sempre soube que me faltariam um dia.
Eu nunca soube de uma tia.
Se não minto não cheguei a treplicar.
    Nunca.
Sempre agi acessoriamente.
Não moro junto.
Nunca me enganei que toca a vez do poço.
Sempre soube seriam tragados.
Sempre soube seríamos.
Eu nunca vicei.
    Nunca.
     Vocês?
Eu nunca afaguei ideia.
Eu sempre estouraria na cabeça.
Eu não me governava jamais.
Eu nunca tive presente.
Eu nunca amei os meus materiais.
Sempre preguei por aí o *amor* aos materiais.
Eu próprio nunca amei os meus materiais.
Eu nunca amei.
Eu nunca fui amado.
O recinto nunca silenciou.
Nem mesmo hoje à noite.
Nem mesmo agora.

No mar de casuística em que se debateu a ciência médica do século XIX acerca do homoerotismo, um dos fatos mais cômicos e pueris, segundo nossa percepção atual, é o da discussão sobre homossexuais masculinos serem ou não capazes de assobiar. E aqui vemos Pires de Almeida, em Homossexualismo, *de 1906, dando sua "valiosa" contribuição ao debate internacional sobre o tema:*

> Ulrichs diz que os uranistas, bem como as mulheres, não sabem assobiar, e – mais ainda – que encontram grande dificuldade em aprendê-lo; entretanto, Moll, interrogando-os em grande número, teve resultado contrário, isto é, tanto assobiam e podem assobiar os homens normais como estes. Há aqui, parece-me, um erro de observação de parte a parte – os que não sabem assobiar são unicamente os pederastas passivos; uns, pelo abalo incômodo que produz, no reto, não só esse, como outros movimentos mais ou menos violentos; a tosse, o espirro etc; outros, pelos pontos de contato que aproximam o feminista da mulher, igualmente avessa a esse gênero de música.

[*passagem de* Frescos Trópicos: Fontes sobre a homossexualidade masculina no Brasil (1870-1980), *de James N. Green e Ronald Polito*]

PODE O HOMOSSEXUAL ASSOBIAR?

LIVRO COMPOSTO EM FONTES BASIC TITLE, BELL MT E BUFALINO EM FEVEREIRO DE 2024 E IMPRESSO EM MARÇO DO MESMO ANO EM PORTO ALEGRE PARA A EDITORA DIADORIM. AOS CEM ANOS DE NASCIMENTO DOS POETAS LEDO IVO, HELIO PELLEGRINO, OSMAN LINS, JAMES BALDWIN, SARAH VAUGHAN, AMILCAR CABRAL, ANTONIO JACINTO, MARLENE, TRUMAN CAPOTE, PAULO VANZOLINI, CARMEN DOLORES, MARCELO MASTROIANNI, LIDIA MATTOS, JAIME CAETANO BRAUN E NELSON SARGENTO.